LE PERROQUET
DU PÈRE HOQUET

Collection CHATONS

Éric Girard

LE PERROQUET
DU PÈRE HOQUET

Illustrations de Caroline Lamarche

Le Chardon Bleu

Données de catalogage avant publication (Canada)

Girard, Éric, 1963-
    Le perroquet du père Hoquet / Éric Girard ; Caroline Lamarche, illustratrice.
    (Collection Chatons)
    Pour enfants de 7 ans et plus.
    Comprend des réf. bibliogr.
    ISBN 1-896185-10-X

I. Lamarche, Caroline, 1983- II. Titre. III. Collection.

PS8563.I685P47 2006   jC843'.54
C2005-906347-5

Cet ouvrage est le onzième titre des éditions du Chardon Bleu et le premier de la collection CHATONS (7 ans et plus).

Dessin de la couverture et illustrations : Caroline Lamarche
Mise en page et éditique : Michel Quesnel

DIFFUSION

Les Éditions du Chardon Bleu
C.P. 14 - Plantagenet (Ontario) K0B 1L0
Courriel : chardonbleu@sympatico.ca
Internet : www.chardonbleu.ca

ISBN 1-896185-10-X
© LES ÉDITIONS DU CHARDON BLEU, JANVIER 2006
Dépôt légal, Bibliothèque nationale du Canada
et Bibliothèque nationale du Québec

À mon épouse

É. G.

1
Le père Hoquet

Quand j'étais tout
jeune, mon oncle Pierre
m'a raconté une drôle
d'histoire. Il a
toujours
prétendu
qu'elle était
vraie, et
moi je le
croyais. Maintenant
que j'ai atteint l'âge adulte, je me demande
s'il n'avait pas exagéré...

Près de son village natal vivait un vieux monsieur rabougri qui ne parlait à personne. Il n'avait ni amis, ni parenté et ne sortait que pour faire ses courses. Dès qu'il apparaissait sur la rue Principale, tous les regards se tournaient vers lui. Car le vieillard avait constamment le hoquet. Il hoquetait tellement fort que ses HIIPS! ses HIIC! et ses HOOCC! retentissaient comme le croassement d'un corbeau. Ses épaules en tressautaient. L'espace d'un moment, son dos courbé se dressait sous la pression. C'était pénible à voir - et à entendre - mais en même temps d'un grand comique.

Les gens avaient peine à retenir leurs rires. Pourtant, ils avaient pitié de lui. On avait même voulu l'aider en lui proposant des remèdes farfelus : boire de l'eau à travers un mouchoir, cesser de respirer, marcher sur les mains, etc. Certains gamins prenaient un malin plaisir à le faire sursauter. Ils prétendaient, naturellement, que c'était pour le guérir. Mais le pauvre père Hoquet, comme on le surnommait, n'appréciait guère.

Pas étonnant, donc, que personne ne connaissait vraiment ce monsieur. On ne savait pas d'où il venait, ni qui il était. Avait-il été marié? Avait-il eu des enfants? Nul n'aurait su le dire.

2
Le perroquet

À l'époque,
mon oncle Pierre
avait 11 ans. Son
père, Henri Valcourt,
était un grand
voyageur
et il lui
rapportait toujours des
cadeaux originaux.
Parfois même des
animaux. Un jour, il lui
avait offert un petit serpent

jaune. Mon oncle l'avait conservé pendant deux ou trois ans, mais il l'avait égaré dans la forêt. À une autre occasion, il avait reçu un énorme papillon multicolore.

Or, cette année-là, monsieur Valcourt avait ramené d'Afrique un splendide perroquet gris. Mon oncle l'avait appelé Roquet.

Roquet était un imitateur époustouflant. Il pouvait reproduire n'importe quel son : le rire tonitruant du barbier, le grincement d'une chaise berceuse ou même le crépitement du feu! Cependant, il restait muet en présence d'une foule. Mon oncle Pierre était le plus doué pour stimuler Roquet. Il l'apportait dans sa chambre et prononçait quelques phrases avant d'aller au lit. Le lendemain matin, Roquet répétait tout ce qu'il avait entendu. Même les ronflements de mon oncle! C'était hilarant! Roquet était vite devenu l'attraction du village. On voulait le voir. Mais surtout, on voulait l'entendre. Henri Valcourt avait dû établir quelques règles afin que les gens puissent admirer Roquet sans l'effrayer. C'est le dimanche après-midi qu'on pouvait venir s'extasier devant les prouesses vocales de Roquet. Il fallait faire la queue à l'extérieur de la maison et n'entrer que deux personnes à la fois. Chaque visiteur pouvait prononcer une phrase ou produire un son devant le perroquet.

Quand Roquet avait fait son numéro, les visiteurs sortaient et invitaient les suivants à entrer. Les gens étaient ébahis à tout coup. «Quelle voix!» disaient les uns. «Un vrai prodige!» s'exclamaient les autres. D'autres encore croyaient fermement que l'oiseau avait reçu une intelligence hors du commun. Mon oncle Pierre était très fier de son Roquet.

3

Le paltoquet

Un dimanche de juin, il faisait particulièrement chaud dans la maison des Valcourt. Toutes les fenêtres étaient grandes ouvertes et la mère de mon oncle avait entrebâillé la porte d'entrée pour faire circuler l'air. Malgré la chaleur, les curieux étaient plus nombreux que d'habitude, la réputation du fabuleux perroquet ayant atteint les autres municipalités de la région.

Comme la file d'attente s'allongeait sous le soleil de plomb, monsieur Valcourt avait autorisé les gens à entrer quatre à la fois. Mon oncle Pierre n'aimait pas tellement ça. Il voyait bien que Roquet s'agitait devant ces inconnus bavards. L'un d'eux était particulièrement volubile. Mon oncle se rappelle qu'il sentait fort l'alcool. Son tour venu, le personnage s'avança tout près du perroquet. Il rugit de gros mots en mettant Roquet au défi de les répéter. Monsieur Valcourt invita l'homme à se calmer. Mais celui-ci le repoussa vivement, heurtant du même coup le perchoir de Roquet.

-Espèce de paltoquet! cria le père de mon oncle.

-*Paltoquet!* répéta l'oiseau, avant de s'envoler, en proie à la panique. Il virevoltait en tous sens, pendant que monsieur Valcourt et l'ivrogne se chamaillaient. Roquet fila par la porte d'entrée afin d'échapper à la cohue. Mon oncle eut beau le poursuivre, ses jambes de gamin n'étaient pas de taille contre les ailes de l'oiseau. Encore aujourd'hui, il se rappelle clairement la grande tristesse qu'il avait ressentie en voyant son perroquet disparaître à l'horizon.

4

Où est Roquet?

Les semaines passèrent. Puis les
mois. Après avoir
cherché son Roquet
partout,
mon
oncle
Pierre

abandonna tout espoir de le revoir vivant.
Il fut d'abord catastrophé et passa de
longues heures à pleurer dans sa chambre.
Ses parents ne savaient plus quoi faire
pour lui changer les idées. Néanmoins,

avec le temps, son chagrin s'estompa et Pierre reprit goût à la vie. Une cousine lui confia la garde d'un chaton orphelin et il lui consacra tout son temps et toute son affection.

* * *

Le père Hoquet continuait d'attirer l'attention malgré lui. Il espaçait le plus possible ses sorties au village, mais il s'ennuyait énormément tout seul dans sa maisonnette. Surtout depuis la mort de son vieux chien Rex au printemps. Contrairement à ce que tout le monde croyait, le père Hoquet, monsieur Simon de son vrai nom, aimait bien parler. Il avait d'ailleurs une belle voix chaude en dépit de ses crises de hoquet. Grand amateur de poésie, monsieur Simon avait découvert qu'il pouvait parler sans peine quand il récitait des vers. On eût dit que son hoquet n'avait pas de prise sur la poésie! C'est ainsi qu'il passait des heures à inventer des rimes qu'il transcrivait sur papier pour ne pas les oublier. Quand il était satisfait du résultat, il les lisait à voix haute et s'étonnait de ne pas être interrompu par son hoquet. Malheureusement, dès qu'il avait terminé, les HIIPS! et les HOOCC! reprenaient de plus belle.

Un soir qu'il s'affairait à terminer sa plus récente création, il entendit un bruit à la porte d'entrée. C'était comme si un chien grattait le bois avec ses griffes. Intrigué, monsieur Simon déposa son crayon sur sa table de travail et alla ouvrir. Quelle ne fut pas sa surprise de découvrir un perroquet gris qui le regardait fixement. Sans y être invité, Roquet (car c'était bien lui!) entra dans la maison. Il avait mauvaise mine : il était presque chauve, sa queue avait pratiquement disparu et son plumage avait perdu son lustre. Comme il sortait peu, monsieur Simon n'avait jamais vu Roquet ni entendu parler de ses prouesses. Il eut pitié de lui et voulut lui parler, mais seuls des HIIPS! des HIIC! et des HOOCC! sortaient de sa bouche.

Il alla chercher un bol d'eau, un morceau de pomme et quelques cacahuètes. Roquet se jeta sur ces offrandes inespérées. Monsieur Simon tenta une fois encore de lui parler.

-On dirait HIIPS! que tu n'as pas mangé HOOCC! depuis longtemps mon petit ami HIC! Je me demande HOC! d'où tu viens... Je ne pense pas que HIIPS! les perroquets soient très nombreux HIIC! dans la région.

Et Roquet de répondre : « *HIIICC!* » en hérissant le peu de plumes qu'il lui restait.

-Alors là, si je m'attendais à ça HIC! Tu as le hoquet toi aussi?

La tête inclinée, Roquet regardait le père Simon avec ses petits yeux noirs fatigués. Des morceaux de pomme étaient restés collés sur son gros bec noir crochu.

-Il va falloir te remettre en forme, songea monsieur Simon. Je devrais avoir ce qu'il faut.

Il laissa le perroquet se désaltérer sur le plancher du salon et disparut dans un débarras. Il en sortit une grande boîte de carton, du papier journal et un manche à balai. Il déposa des feuilles de papier journal dans le fond de la boîte et plaça celle-ci dans un coin du salon. Il perça ensuite un trou de chaque côté de la boîte, puis y inséra le manche à balai en guise de perchoir. Quand il revint dans la cuisine pour s'occuper de son patient ailé, ce dernier s'était éclipsé.

-Houhou! Où te HIC! caches-tu, petit?

-*HIC!* imita Roquet, révélant aussitôt sa cachette.

-Ha! Ha! Tu es sous HOOC! la table, coquin! Approche HIIPP! que je te soigne.

Monsieur Simon entendit un bruissement d'ailes et un faible sifflement, puis le cliquetis des griffes de l'oiseau. Il vit alors Roquet sortir de sous la table, glissant sur le plancher lisse tel un patineur sur la glace. «Tic, tic, tic» faisaient ses griffes sur le bois dur.

-À la bonne heure, dit le père Simon.

Il réussit, non sans difficulté, à installer l'oiseau dans sa nouvelle demeure. Il vit bien qu'on ne manipule pas un oiseau blessé comme on prend un chat.

-Voilà, pensa-t-il, tu vas être au chaud et à l'abri. Tu pourras consacrer tes énergies à faire pousser tes plumes.

Roquet passa la nuit dans sa boîte. Il resta calme malgré la frousse qu'il avait eue, trop content de ne plus avoir à fuir les chats et les rapaces.

5

Roquet, ça rime avec hoquet!

Trois mois passèrent. Roquet s'était complètement rétabli. Ses plumes avaient repoussé, ses craintes s'étaient envolées, mais son talent d'imitateur restait intact.

Monsieur Simon n'avait pas cessé de composer des vers et de les lire tout haut. Au grand bonheur de Roquet, du reste, qui arrivait à répéter des strophes entières. Ébahi par le talent du volatile, M. Simon s'en donnait à cœur joie. Il écrivait des textes comme celui-ci, en l'honneur de sa défunte épouse :

La beauté de l'aurore est en vous chère dame

C'est par vous que s'exprime toute la grâce d'être femme

Je vous l'ai dit hier je vous l'ai dit un jour

Je vous aimais très chère, d'un véritable amour

et celui-là, vantant ses animaux bien-aimés :

Il n'y a pas d'homme fidèle comme le chien

Aucun non plus n'a la grâce des félins

Nul ne saura réussir tout à fait sa vie

S'il ignore les leçons de ces loyaux amis

La compagnie de Roquet avait redonné confiance à monsieur Simon. Et il avait eu une idée lumineuse. Par un beau samedi d'octobre, il partit faire ses courses de bon matin. Mais au lieu d'y aller seul, il fit grimper Roquet sur son épaule. Plutôt que de se dépêcher pour éviter les regards et les quolibets, il marchait lentement, le dos bien droit. Il avait même hâte de rencontrer quelqu'un.

Près de la première maison du village, il vit une grosse dame qui mettait de la lessive à sécher sur une corde. Il lui lança :

-Ah! madame que vous êtes mignonne. Que vous me semblez bonne! J'ai aujourd'hui l'honneur de vous saluer, et cela, sans même hoqueter!

Il poursuivit sa route, riant dans sa barbe de l'effet produit. La grosse dame, la bouche grande ouverte, avait laissé tomber un grand drap blanc sur le sol détrempé de rosée.

Plus loin, deux jeunes garçons aperçurent le père Simon et coururent vers lui.

-Père Hoquet! Père Hoquet! hurlèrent-ils pour le narguer.

-Mais oui, mais oui, cet animal que voici est un perroquet, merci! Sachez garnements que vous ne m'atteignez plus. Dites à maman que le père Hoquet n'est plus!

Les garçons détalèrent comme des lapins, piteux d'avoir essuyé une telle rebuffade. Ils s'empressèrent d'aller raconter à leur mère ce qu'ils avaient vu. D'abord un père Hoquet qui ne hoquetait plus; mais surtout, un perroquet qui était revenu. Car si monsieur Simon ignorait qui était Roquet et à qui il appartenait, les deux gamins, eux, ne le savaient que trop : l'un habitait à côté de mon oncle Pierre, l'autre était son cousin, et les deux étaient dans la même classe que lui.

6

Tristounet...

De retour chez lui, monsieur Simon était ragaillardi. Des années durant, il avait subi mille railleries. Aujourd'hui, il avait enfin pris une douce revanche. Tous les passants à qui il s'était adressé au village étaient demeurés pantois de l'entendre réciter des vers avec une diction parfaite.

-Je dois te remercier HIIIPS! cher perroquet, de m'avoir donné le HOOCC! courage de m'affirmer devant ces gens. HIC! Je ne crois pas HIC! que j'y serais arrivé sans toi.

-*Je vous aimais trrrès chèrrre d'un vérrritable amourrr!* répondit l'oiseau.

Avant que Roquet n'ait pu citer d'autres vers, on frappa à la porte.

-Oui? demanda monsieur Simon en ouvrant au visiteur.

-Bonjour monsieur. Je m'appelle Henri Valcourt. J'habite au village. Peut-être m'avez-vous déjà vu?

-Non, HIC! je ne crois pas vous con-HOC!-naître. Mais je dois dire HIIIPS! que je fréquente peu mes con-HAAC!-citoyens.

-Pourrais-je vous parler quelques minutes?

-Bien HIC! sûr, entrez donc.

-Ce que j'ai à vous dire est assez délicat, monsieur...

-HOC!... Simon. Je m'appelle Georges HIIIC! Simon.

-Voilà, monsieur Simon, j'ai entendu dire que vous possédiez un perroquet. Est-ce vrai?

-Tout à fait HAAC! Je l'ai trouvé HOOOC! ou plutôt c'est lui qui m'a trouvé il y a quelques mois HIP! Le pauvre a dû passer un mauvais quart d'heure HIC! dans la nature. Il était mal en HAC! point quand je l'ai recueilli.

-Je vois. Hum. Est-ce que je pourrais voir votre oiseau, monsieur Simon?

-Mais certainement. Si HIC! vous êtes chanceux, peut-être HIIIPS! qu'il vous fera une de ses imitations HIP! extraordinaires! Venez, c'est par ici.

Monsieur Simon escorta le père de mon oncle Pierre vers la cuisine, où se trouvait le perchoir de Roquet. Évidemment, quand monsieur Valcourt vit Roquet, il le reconnut immédiatement. C'était bien le perroquet que son fils avait perdu des mois plus tôt. Il arrêta au milieu de la cuisine.

-Euh, monsieur Simon, avant d'aller plus loin, j'aimerais vous poser une question.

-Oui, monsieur Valcourt HIC!?

-Votre perroquet a-t-il une bague à la patte droite?

-En effet. Pourquoi me HAAAC! demandez-vous ça?

-Par hasard, cette bague porterait-elle une inscription?

-Il HOC! me semble que oui, mais pourquoi donc? HIC! Sauriez-vous à qui appartient cet oiseau?

-Je crains que oui. Pour m'en assurer, pouvez-vous vérifier si le code HV1950-045 figure sur la bague?

-Tout de suite.

Monsieur Simon fit monter Roquet sur son bras gauche et de la main droite fit tourner la petite bague métallique entre le pouce et l'index. Il constata que monsieur Valcourt avait deviné juste. Et il comprit dès lors que ce gentil perroquet ne lui appartenait plus.

Qu'est-ce qu'on fait?

-Alors Papa? C'est bien lui? C'est mon Roquet que le père Hoquet garde chez lui?

-Pierre, premièrement, ce monsieur se nomme Georges Simon. Ne te moque pas de lui. C'est terrible, tu sais, de vivre avec un tel problème. Deuxièmement, c'est effectivement Roquet qui est chez lui et troisièm...

-Youpi! On a retrouvé Roquet!

Tralala outi! Mais dis, papa, pourquoi ne l'as-tu pas ramené ici?

-Parce que Roquet va demeurer chez monsieur Simon.

-QUOI?!

-Tout à fait. Tu sais, il le traite comme un roi notre oiseau. D'ailleurs, Roquet a été très chanceux d'aboutir chez lui. Son escapade l'avait vivement éprouvé. Il a trouvé chez monsieur Simon l'affection, la chaleur et l'attention dont il avait besoin pour récupérer.

-Mais...

-Mon grand, il faut que tu comprennes que monsieur Simon a bien plus besoin de Roquet que nous de lui.

Après tout, tu t'étais fait à l'idée que tu ne reverrais plus Roquet, non? Tu t'es attaché à ton chat et c'est très bien ainsi.

-Oui, mais...

-Monsieur Simon m'a raconté qu'il n'avait plus personne pour lui tenir compagnie depuis le décès de son chien. Il a toujours eu des animaux après la mort de sa femme. L'arrivée de Roquet a comblé un grand vide. Il a même trouvé le moyen de ne plus avoir le hoquet.

-Ah oui? Et comment a-t-il fait?

-C'est ce que tu vas voir demain soir, après le souper. Nous avons rendez-vous chez lui.

-Juste toi et moi?

-Non, toute la famille!

* * *

Le lendemain soir, les six membres de la famille Valcourt se rendirent chez le père Simon en se demandant ce qui se tramait. Seul Henri Valcourt avait sa petite idée là-dessus.

-Bonsoir mes HIIC! amis. Entrez HOOC! et faites comme chez vous, hoqueta Georges Simon en accueillant ses invités. HIPS! Ma maison n'est pas grande, mais HAAC! je vous promets qu'elle est douillette et cha-HIC!-leureuse!

-Papa, chuchota l'oncle Pierre, t'avais pas dit qu'il était guéri, monsieur Simon?

-Sois patient, je crois que tu vas tout

comprendre bientôt.

Monsieur Simon avait réorganisé le mobilier du salon pour faire de la place à ses hôtes. Il avait aussi ajouté deux chaises de cuisine.

-Voilà, HIIPS! tout le monde est installé HIC! confortablement? J'ai préparé du HAAC! café pour les grands et du chocolat chaud pour les jeunes. HOOC! Il y a aussi des biscuits sur la table du salon que j'ai cuisinés moi-même HIIC! cet après-midi. Ne vous gênez surtout pas! Pendant que vous HOC! vous servez, je m'en vais chercher notre ami commun.

-Maman, où il est Roquet? demanda la petite sœur de Pierre, la bouche déjà pleine de biscuits.

-Attends un peu, ça ne sera pas long.

Monsieur Simon revint au bout de quelques minutes avec Roquet sur l'épaule. Celui-ci portait une belle boucle rouge autour du cou. Il était resplendissant de santé. Son plumage était soyeux, son bec noir semblait fraîchement ciré et ses yeux intelligents étaient aussi vifs qu'avant sa disparition.

-*COUAAAC!* cria l'oiseau en guise de salutation, faisant sursauter tout le monde.

Il avait tout de suite reconnu ces voix qu'il n'avait pas entendues depuis des mois. Comme tout bon imitateur, Roquet possédait certes d'excellentes cordes vocales, mais il était aussi doté d'un sens de l'ouïe très développé et d'une mémoire des sons phénoménale. Il semblait vraiment content de revoir cette famille qui l'avait tant aimé. Même si tout le monde se pressait autour de lui pour le caresser, il ne paraissait nullement intimidé.

-Le moment du spec-HIP!-tacle est arrivé! annonça monsieur Simon. Madame, mademoiselle et HOOCC! messieurs, je vous présente le HIIIP! plus incroyable duo de poètes du comté! J'ai nommé Georges et Roquet, le père Hoquet et son perroquet!

Tonnerre d'applaudissements de la part des spectateurs.

-HIIC! Je demanderais le silence,

HOC! maintenant, car le numéro que vous allez HIIIPS! voir est tout à fait unique et exige de HAAC! la concentration.

Quelques secondes passèrent durant lesquelles monsieur Simon et Roquet se regardèrent droit dans les yeux. Soudain, le père Simon se tourna vers l'auditoire pour dire :

-Mes chers amis, vous me voyez ravi de vous recevoir ici aujourd'hui. Je vous présente un numéro où un oiseau va jouer avec les mots. Cet oiseau vous le connaissez, vous l'adorez. Je l'ai recueilli, il m'a tenu compagnie, puis la poésie m'a presque complètement guéri. Roquet ne peut pas sourire, mais je sais qu'il a une chose à vous dire.

M. Simon se retourna vers le perroquet qui comprit que son tour était venu :

-*Vous m'avez donné de l'amourrr, et je vous ai quitté... Mais je vous aimerrrai toujourrrrs, alors venez me visiter! COUAAAC!*

-Bravo Roquet! crièrent les Valcourt en chœur, tout émus par les paroles du charmant oiseau.

-C'est gentil, monsieur Simon, d'avoir appris cela à Roquet, dit monsieur Valcourt. Nous vous en sommes reconnaissants.

Les autres membres de la famille firent tous oui de la tête, et la mère de mon oncle Pierre essuya même une larme qui perlait sur sa joue.

-C'est que je ne lui ai HIIC! pas appris cela! répondit monsieur Simon, lui-même étonné.

-Comment, ces mots ne sont pas de vous?! reprit monsieur Valcourt.

-Bien sûr que HIIIPS! non. Je lui avais fait répéter HAAC! quelques strophes d'un poème que j'avais composé. Mais ça ne ressemblait HOC! pas à ça, je vous jure!

-Alors comment a-t-il pu? interrogea Pierre.

-*Facile. Aimez vos animaux. Ils feront de petits miracles pour vous!*

-Qui a dit ça? demanda madame

Valcourt.

-*Pas moi!* répondit Roquet.

-Voilà, HIC! un perroquet qui est plus HIPS! intelligent qu'on pense HOOC! s'esclaffa le père Simon en hoquetant de plus belle.

Il n'en fallut pas plus pour que toute la famille Valcourt se mette à rire aussi à gorge déployée.

Tu connais les perroquets et autres oiseaux imitateurs?

La plupart des perroquets habitent dans les forêts tropicales, au sommet des arbres géants. Toutefois, quelques espèces qui ne volent pas vivent sur le sol. On trouve surtout des perroquets en Amérique du Sud, en Afrique, en Asie, en Australie et dans les îles du Pacifique. Ils vivent en groupes imposants et sont très bruyants.

C'est pourquoi la plupart de ces oiseaux ne font pas de bons animaux domestiques : ils ont d'ailleurs des voix criardes et désagréables, certains poussant des cris qui portent sur une distance de 500 mètres. Mais, des exceptions confirment bien la règle, comme le mentionne l'auteur Éric Girard qui a hébergé des perroquets à maintes reprises.

Dans le règne animal, les perroquets se classent parmi les oiseaux qui ont les plus belles plumes. Pourquoi tant de couleurs dans leur plumage? Deux raisons : le perroquet se sert de son plumage pour se camoufler de ses prédateurs naturels, l'aigle et le faucon, qui le confondent avec des fleurs ou des fruits gros et multicolores. Leurs couleurs leur servent aussi de repère, lors de la saison des amours, dans l'obscurité des forêts ; le mâle et la femelle de la même espèce partagent les mêmes couleurs.

Le perroquet au plumage le plus terne est sans doute le perroquet gris d'Afrique occidentale (comme Roquet dans l'histoire), aussi appelé perroquet jaco (on voit aussi : jacquot ou jacot). Ce perroquet est réputé pour ses dons extraordinaires d'imitateur, non seulement de la voix humaine, mais aussi de tout son qu'il entend.

Un perroquet en captivité peut vivre plus de 100 ans; il aura donc le temps d'apprendre de nombreux mots, voire de très longues phrases, sans compter les bruits environnants.

La majorité des perroquets se nourrissent de graines, noix, fruits, baies, feuilles et jeunes pousses. Grâce à leur bec, ils parviennent à briser facilement une noix du Brésil.

Les noms des psittacidés varient énormément : en plus du perroquet jaco, il y a les perruches, les aras, les cacatoès, les inséparables, les loris et les loriquets, les nestors, les kakapos (ou perroquets-hiboux), les touis d'Orbigny, les amazones de Guilding, les éclectus.

Le plus petit de la famille des perroquets, la perruche pygmée de Nouvelle-Guinée, fait dans la paume de la main; le plus grand, l'ara multicolore d'Amazonie, est aussi grand qu'un enfant de 4 ans.

Le kakapo, ou perroquet-hibou, vit en Nouvelle-Zélande; l'amazone de Guilding vit sur l'île Saint-Vincent, dans les Petites Antilles, et il reste moins de 500 individus de son espèce.

Il existe plus de 300 espèces d'amazones éclectus. Les aras font souvent leur nid dans des cavités rocheuses situées bien au-dessus du sol.

D'autres oiseaux sont aussi d'excellents imitateurs de la voix humaine, mais jamais en aussi grand nombre que dans la famille des perroquets. Le mainate, par exemple, est un passereau originaire du Sud-Est asiatique, au plumage noir et au bec jaune; d'autres passereaux de la même famille sont les étourneaux et les pique-boeuf, mais ils n'imitent pas la voix humaine comme leur cousin.

La plupart des détails que tu viens de lire se trouvent dans la collection « Je découvre... Le monde merveilleux des animaux », chez Grolier. Cette collection décrit les habitats, les coutumes et les moeurs de plusieurs animaux de notre planète. Elle est très bien illustrée.

Remerciements

*L'auteur tient à remercier les enseignants
et les élèves de 3ᵉ et 4ᵉ années de l'école La
Sablonnière de Gatineau (années 2003-2004 et
2004-2005). Sans vos encouragements, ce livre
n'aurait sans doute jamais été édité.*

*Un grand merci aussi à :
Marie-Chantal Duchaussoy, Nancy Asselin,
Carlos Arruda et... Jack.*

COLLECTION CHATONS (7 ANS ET PLUS)

Éric Girard. **Le perroquet du père Hoquet**, 2006, 64 pages.

Marc Scott. **Je déteste l'école!** 2006, 64 pages.

COLLECTION PATRIMOINE

Marc Scott avec la collaboration de France Viau et Catherine Gagné Côté. **Contes et Récits de l'Outaouais**, 2004, 184 pages.

Marc Scott. **Le voile de la mariée. Contes et Récits de l'Outaouais, Tome 2**, 2004, 176 pages.

Aurélien Dupuis. **Les aventures d'Amédée Bonenfant** (récit), 2004, 144 pages.

COLLECTION PREMIER ROMAN

Jeannine Boyer Danis. **En longeant la berge** (roman poème), 1996, 96 pages.

COLLECTION POÉSIE NOUVELLE

Collectif. **Miscellanées** (recueil de poésie), 1994, 64 pages.

Réjeanne Pilotte-Soucy. **Femme au quotidien** (poèmes), 1997, 88 pages.

Collectif. **Effervescences** (recueil de poésie), 2000, 88 pages.

Marie-Anne Levac. **Jaune** (poèmes), 2005, 64 pages.

Mise en page et éditique : Michel Quesnel
(L'Orignal) Ontario, Canada

Imprimé à l'Imprimerie Gauvin
(Gatineau) Québec, Canada

ISBN 1-896185-10-X

1-896185-10-X